«*A la sonrisa de Carmen, capaz de alborotar el mundo*»

Carmen Gil

«*A toda la linda gente que conocí en Cantabria*»

Rebeca Luciani

Colección libros para soñar

© del texto: Carmen Gil, 2007
© de las ilustraciones: Rebeca Luciani, 2007
© de esta edición:
Kalandraka Ediciones Andalucía, 2009
Avión Cuatro Vientos, 7. 41013 Sevilla
Telefax: 954 095 558
andalucia@kalandraka.com
www.kalandraka.com

Impreso en Eujoa, Asturias
Primera edición: mayo, 2007
Segunda edición: marzo, 2009
ISBN: 978-84-96388-62-8
DL: SE-1873-07

La sonRisa DE

DaniELa

Carmen Gil   Rebeca Luciani

kalandraka

Daniela salió temprano de casa.

Aquella mañana, el aire olía a fiesta,

el cielo estaba muy azul, y un sol grande y redondo

le daba los buenos días desde lo alto.

Daniela sonrió.

Y la sonrisa de Daniela voló y voló,

y fue a posarse en el corazón de Roberta,

como un colibrí de primavera.

Roberta, una hipopótama mofletuda y regordeta, andaba alicaída y cabizbaja.

Se acababa de mirar en el espejo y no le había gustado nada lo que había visto.

Ella quería ser delgada y esbelta como la gacela, por eso estaba a dieta.

Y como no comía, se ponía de mal humor.

Así que Roberta se pasaba el día muerta de hambre y refunfuñando.

Hasta que la sorprendió la sonrisa de Daniela...

En ese momento, la cabeza se le llenó de campanas
y se le alborotaron los pensamientos.

Roberta se fue corriendo a buscar la pastelería más cercana.

Se compró una tarta de merengue, blanca y redonda como la luna llena,

y se la zampó entera ella solita.

¡Cuánto disfrutó! ¡Qué bien se sentía!

Al salir se miró en el escaparate y, por primera vez, le gustó lo que vio.

«Roberta, estás divina», se dijo.

Y allí se quedó, contemplándose por detrás y por delante durante más de un cuarto de hora.

Después volvió a casa, meneando su enorme trasero de hipopótama y sonriendo.

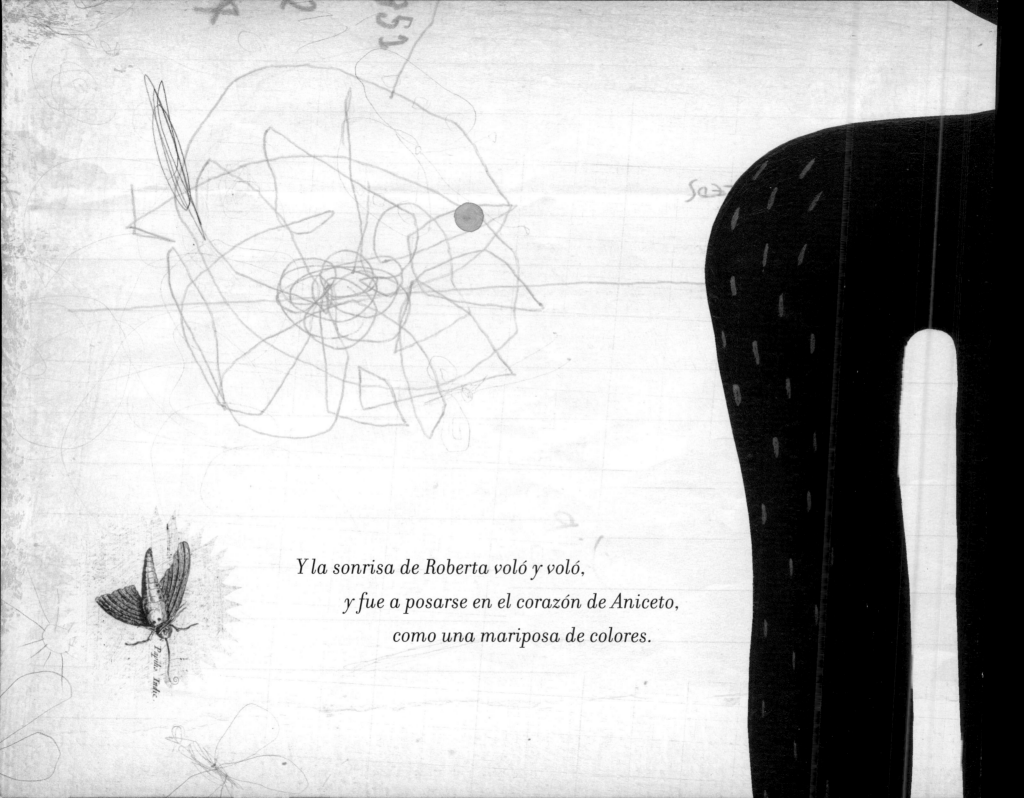

Y la sonrisa de Roberta voló y voló,
y fue a posarse en el corazón de Aniceto,
como una mariposa de colores.

Aniceto era un chimpancé quisquilloso y gruñón.

Acababa de cumplir noventa años y el reúma lo había convertido en un cascarrabias.

A esas horas de la mañana, Aniceto estaba dando su paseo diario

y protestando porque había pisado una caca de rinoceronte.

La sonrisa de Roberta se le coló en las entrañas

y empezó a hacerle cosquillas por dentro.

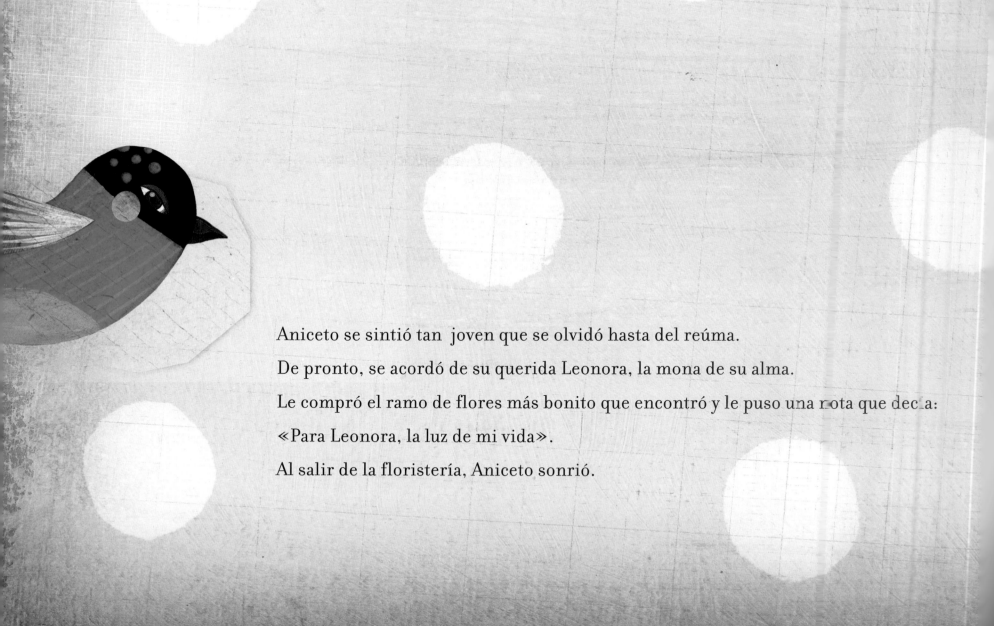

Aniceto se sintió tan joven que se olvidó hasta del reúma.

De pronto, se acordó de su querida Leonora, la mona de su alma.

Le compró el ramo de flores más bonito que encontró y le puso una nota que decía:

«Para Leonora, la luz de mi vida».

Al salir de la floristería, Aniceto sonrió.

Y la sonrisa de Aniceto voló y voló,

y fue a posarse en el corazón de Camila,

como un rayo de sol.

Camila era una elefanta gris que, vestida de gris,

iba a su trabajo gris en un coche gris, con un gesto gris en la cara.

«¡Cuánto me aburro!», se lamentaba Camila

porque todos los días hacía las mismas cosas

y a las mismas horas:

no había sorpresas en su vida.

Hasta que, al parar en un semáforo,

la sonrisa de Aniceto se metió por la ventanilla de su coche gris

y lo puso todo patas arriba.

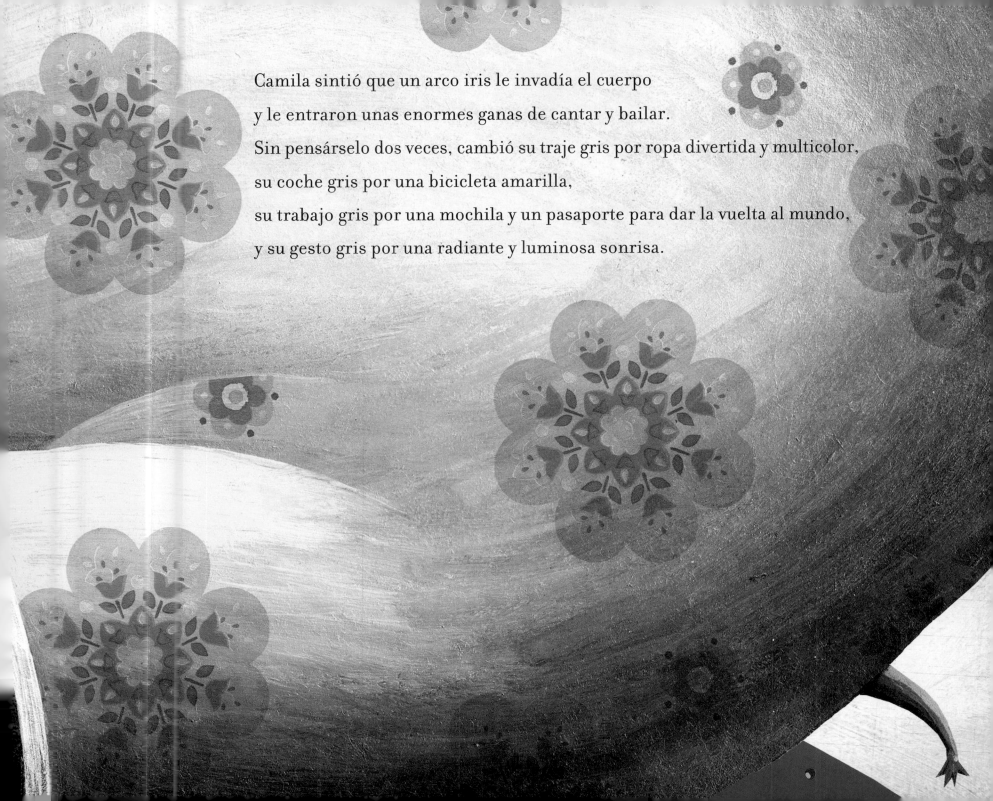

Camila sintió que un arco iris le invadía el cuerpo
y le entraron unas enormes ganas de cantar y bailar.

Sin pensárselo dos veces, cambió su traje gris por ropa divertida y multicolor,

su coche gris por una bicicleta amarilla,

su trabajo gris por una mochila y un pasaporte para dar la vuelta al mundo,

y su gesto gris por una radiante y luminosa sonrisa.

La sonrisa de Camila voló y voló,

y se fue a posar en el corazón de Avelina,

como una lluvia de mayo.

Avelina, la avestruz, se había levantado con la pata izquierda.

Su tortuga Nana se había meado otra vez en la alfombra del salón.

¡Ya no podía soportarlo más!

Esa misma mañana la llevaría al asilo de tortugas.

Nana ya estaba muy viejecita y solo le daba problemas.

Además, una avestruz tan importante como ella estaba siempre muy atareada

y no podía perder el tiempo ocupándose de una tortuga anciana.

¡No le quedaba más remedio que deshacerse de ella!

Y ya iba camino del asilo con Nana en brazos

cuando la atrapó, en plena calle, la sonrisa de Camila y la llenó de luz.

Era una luz blanca y brillante con la que empezó a verlo todo más claro.

Avelina miró a su tortuga, y sus ojos tristes y bonachones la inundaron de ternura.

Entonces... cambió de opinión.

Entró en una sombrerería y compró el sombrero más estrafalario y alegre para Nana.

Juntas volvieron a casa. Por el camino, la avestruz dijo a voz en grito:

«¡A la porra las tareas importantes!», y sonrió.

La sonrisa de Avelina voló y voló,
y fue a posarse en el corazón de Marcial,
como una caricia del aire.

Marcial era un chacal bajito, bigotudo y fanfarrón, general del ejército del País de Todolopuedo.

Poseía los mejores aviones, las bombas más potentes y los misiles más eficaces;

así que Marcial tenía siempre razón.

O eso creía él y ¡a ver quién era el valiente que se atrevía a decirle lo contrario!

Pero, a pesar de ello, estaba triste, muy triste. Las armas le daban poder, pero no alegría.

Oui

Sí

YES

SOLDIERS

Una mañana de abril, mientras desfilaba con su ejército,
la sonrisa de Avelina le penetró, como una bala, en el corazón,
lo subió hasta el cielo y le dejó tocar las nubes con la punta de los dedos.

Ante la sorpresa de todos, Marcial abandonó el tanque,

se afeitó el bigote y se dedicó, desde ese momento,

a cultivar orquídeas y a sonreír todo el día.

Y la sonrisa de Marcial voló y voló,

y fue a posarse en el corazón de Daniela,

como un colibrí en primavera,

una mariposa de colores,

un rayo de sol,

una lluvia de mayo

o una caricia del aire.